RECUEIL
DE CHANSONS,
POUR
LA MAÇONNERIE
DES HOMMES
ET DES FEMMES;

Augmenté de plusieurs Vaudevilles nouveaux.

A SOPHONOPLE,

L'An de la renaissance des Vertus, 3.5.7.

ÉPITRE *DÉDICATOIRE* AUX FRERES.

AIR : *Votre cœur, aimable Aurore.*

CE Recueil, aimables Freres,
Eſt le fruit de la Raiſon ;
On y voit des cœurs ſinceres
Les ſentimens & le ton :
Vos vertus, qui me ſont cheres,
Ont été mon Apollon.

AVIS
AUX PROFANES.

AIR : *Un mouvement de curiosité.*

DANS vos discours, cherchez-vous
à nous mordre ?
Nous méprisons votre causticité ;
Projettez-vous d'être reçus dans notre
Ordre ?
Votre desir sera bientôt écouté,
Si votre cœur, ennemi du désordre,
Suit en tout point l'exacte probité.

DIALOGUE ENTRE UN PROFANE ET UN MAÇON.

AIR : *A quoi s'occupe Madelon.*

LE PROFANE.

QUEL eſt le travail de vos mains,
Quand vous êtes dans vos Loges?
Quel eſt le travail de vos mains,
Loin du reſte des Humains?

LE MAÇON.

NOUS ne nous occupons jamais
Sans mériter des Éloges;
Nous ne nous occupons jamais
Qu'à des Ouvrages parfaits.

LE PROFANE.

POURQUOI travailler en ſecret,
Si vous réprimez le vice?
Pourquoi travailler en ſecret,
Si c'eſt-là tout votre objet?

LE MAÇON.

Nous craignons de nous découvrir
A des cœurs pleins d'artifice ;
Nous craignons de nous découvrir
A qui pourroit nous trahir.

LE PROFANE.

Vos Freres ſont-ils ſecourus,
S'ils tombent dans l'indigence ?
Vos Freres ſont-ils ſecourus ?
Éprouvent-ils des refus ?

LE MAÇON.

Aux vrais beſoins nous nous prêtons,
Et jamais à l'indolence ;
Aux vrais beſoins nous nous prêtons,
Et nos refus ſont des dons.

LE PROFANE.

Chez vous le Noble & le Bourgeois
Sont-ils également Freres ?
Chez vous le Noble & le Bourgeois
Suivent-ils les mêmes Loix ?

LE MAÇON.

Une parfaite égalité
Eſt le Sceau de nos Myſteres ;
Une parfaite égalité
Fait notre félicité.

LE PROFANE.

POUR jouir d'un ſort auſſi doux,
Je veux devenir des vôtres ;
Pour jouir d'un ſort auſſi doux,
Je veux vivre parmi vous.

LE MAÇON.

DANS notre Ordre ſoyez reçu,
Vos deſirs ſeront les nôtres ;
Dans notre Ordre ſoyez reçu,
Si vous aimez la Vertu.

ÉLOGE
DE LA MAÇONNERIE.

AIR : *Fanfare de Saint-Cloud.*

QUI de la Maçonnerie
Ne ſeroit pas enchanté ?
Elle ſeule eſt de la vie
La plus pure volupté.
Du couchant juſqu'à l'aurore
Elle donne des leçons ;
Des vertus elle décore
Ses illuſtres Nourriſſons.

DE tout tems ſous ſon empire
On a vu les plus grands Rois,
Pleins de zele pour s'inſtruire
De ſes adorables Loix.
Du couchant, &c.

DANS le ſilence des armes,
Que de braves Généraux,
Se délaſſent par les charmes
De nos auguſtes travaux!
Du couchant, &c.

DE l'orgueilleuſe rudeſſe
Elle ſeule eſt le fléau:
La Roture & la Nobleſſe
Par elle ſont de niveau.
Du couchant, &c.

AU Grand elle montre un Frere
Dans le plus ſimple Artiſan,
Et veut que chacun révere
Le titre honoré de Grand.
Du couchant, &c.

AUX hommes de ſes richeſſes
Elle cherche à faire part,
Et prodigue ſes largeſſes
Aux amateurs de notre Art.
Du couchant, &c.

Sous ſes Loix elle n'enrôle
Que de vertueux amis,
Et l'Équerre eſt le ſymbole
Du cœur de ſes favoris.
Du couchant, &c.

CHANTONS, célébrons ſa gloire,
Dans les tranſports les plus doux;
Que chacun ſe verſe à boire,
En répétant avec nous:
Du couchant, &c.

AUTRE ÉLOGE.

AIR: *Que chacun de nous ſe livre.*

QUE dans ce charmant aſyle
On paſſe d'heureux momens!
Notre ame pure & tranquille,
Y goûte mille agrémens.
La Vertu nous y contemple
Mettre les vices aux fers;
Que nos Loix ſervent d'exemple
Au reſte de l'Univers.

LA Diſcorde impitoyable
N'y trouble point nos plaiſirs :
Une amitié véritable
Y régle tous nos deſirs.
De l'erreur qui nous condamne
On y creuſe le tombeau ;
Parmi nous l'amour profane,
N'allume point ſon flambeau.

LE Vulgaire en vain s'offenſe
De notre diſcrétion ;
Nous trouvons dans le ſilence
Le ſceau de notre union.
C'eſt pour éloigner le vice
Que nos Temples ſont couverts :
Mais aux cœurs ſans artifice,
Promptement ils ſont ouverts.

INVITATION.

AIR : *Le Carrillon de Dunkerque.*

A La Maçonnerie
Consacrons notre vie ;
Amis, suivons ses Loix,
Qu'elle fixe notre choix.
Le Monde entier nous crie,
Que l'ordre & l'harmonie
Doivent régler en tout
Nos plans & notre goût,
Et toujours de nos cœurs
Fonder les bonnes mœurs.
Car tout bon Architecte,
S'il veut qu'on le respecte,
Sur le vice abattu
Dresse un Trône à la Vertu.

AUTRE INVITATION.

Même AIR.

PAR trois fois trois, mes Freres,
Chantons avec éclat,
Nos Loix & nos Myſteres;
Vivat, vivat, vivat.

Ici l'Architecture
Se borne au cœur humain,
Et la ſimple Nature
Fournit le deſſein:
L'honneur, le ſentiment
En ſont le fondement.

Par trois fois trois enſemble,
Chantons avec éclat,
Le nœud qui nous raſſemble;
Vivat, vivat, vivat.

NOTRE union ſincere
De l'Ordre eſt le ſoutien;

C'eſt-là tout le Myſtere
De notre lien ;
De la fraternité
Célébrons l'unité :

Par trois fois trois enſemble, &c.

L'Erreur, & le preſtige
Par nous ſont abattus :
C'eſt ici qu'on érige
Un Temple aux Vertus ;
Jamais il ne périt,
Le tems le garantit.

Par trois fois trois, &c.

Nous rompons la barriere
Des préjugés trompeurs,
Le Compas & l'Équerre
Dirigent nos mœurs :
Meſurons nos plaiſirs ;
Et réglons nos deſirs.

Par trois fois trois, &c.

Mes Freres, voyez comme
Tout paroît compaſſé,

L'homme au niveau de l'homme
 Eſt ici placé ;
L'exacte probité
Produit l'égalité.

Par trois fois trois, &c.

 Nous ſommes ſans entraves:
Ici le Prince admis,
Ne trouve point d'eſclaves
 Mais de vrais amis :
Il doit tout à nos cœurs,
Et rien à ſes grandeurs.

Par trois fois trois, &c.

 Petit-Maître fantaſque,
Crépi de vanité,
Vois arracher ton maſque
 Par la Vérité ;
L'homme ici tel qu'il eſt,
A nos regards paroît.

Par trois fois trois, &c.

 Célébrons la lumiere
Qui brille à l'Orient,

Suivons dans sa carriere
Cet astre riant :
Nos yeux sont éclairés,
Nos pas sont assurés.

Trois fois à mon exemple
Chantez avec éclat,
La lumiere du Temple :
Vivat, vivat, vivat.

Au Maître de la Loge
Buvons avec éclat,
Nos cœurs font son éloge :
Vivat, vivat, vivat.

INVITATION

POUR L'ENTRÉE DE TABLE,

SUR LA MARCHE

DES FRANCS-MAÇONS.

LA main aux armes, Freres,
Banniſſons d'ici verres & flacons,
Ce n'eſt qu'au bruit des canons
Qu'on célebre nos Myſteres.
Faiſons beau feu, mes Freres,
Rempliſſons de ces barrils nos canons,
Et comme bons Francs-Maçons,
Entre nous buvons.

QUEL don fut jamais plus précieux,
Nous tenons de nos ayeux
Un ſecret impénétrable;
Qu'il ſoit inviolable
En tous lieux, même à table,

Craigno

Craignons qu'un profane curieux
N'en puisse instruire nos envieux.

La main aux armes, &c.

Fléau de la mélancolie,
Plaisir, pere de la saillie,
Pour serrer le nœud qui nous lie,
Fais qu'une flatteuse harmonie,
Par d'aimables chansons
Égaye nos Leçons.

La main aux armes, &c.

Air : *Tambour de l'Amour.*

Freres Compagnons
Ensemble chargeons,
Promptement alignons,
Mettons-nous sous les armes.
Au premier signal,
Que notre arsenal
D'un tonnerre amical
Fasse entendre les charmes.
Au bruit des canons,
Célébrons des Francs-Maçons
La gloi . . . . . re,

Élevons nos voix ;
Amis, & par trois fois trois,
Couronnés par la Victoire,
Chantons nos exploits.

AIR : *Marche du Roi de Prusse.*

CHERS amis, jouissons,
En prudens Francs-Maçons,
D'un Nectar précieux,
Présent des Cieux ;
Mais que ce jus si charmant
Nous soit versé sagement ;
Freres, chargeons promptement,
Alignons également,
Et par trois fois trois, avec éclat,
Chantons tous *vivat*, *vivat*, *vivat*.
Aux santés qu'en bons Compagnons
Nous nous portons,
Par de grands feux nous nous répondons.
L'union, la sincérité
Et la gaieté,
De tous tems, parmi nous ont été
L'ame de la Société.
Si par la frugalité

Ce repas eſt apprêté,
C'eſt pour jouir en ſanté
D'une pleine liberté :
Le vin pris avec excès
Eſt le fléau de la paix,
De la raiſon le poiſon ;
Et que devient un Maçon,
Qui du Maître n'entend plus la voix ?
Il eſt infracteur des loix.

AIR : *Du Confiteor.*

DANS ces Banquets délicieux,
Une ſuprême intelligence
Réunit, au gré de nos vœux,
Les plaiſirs avec l'innocence :
Chantons, béniſſons mille fois
Des Maçons les heureuſes Loix.

A l'Architecte des Humains
Nous rendons le premier hommage,
Et reſpectons les Souverains,
Comme ſa plus parfaite image :
Chantons, &c.

SUR les propos, l'honnêteté
Dans nos Loges toujours domine ;

Et ſi nous entrons en gaieté,
C'eſt la Sageſſe qui badine :
Chantons, &c.

Ici les goûts bien aſſortis,
Produiſent l'union parfaite ;
Jamais un eſprit de Partis
N'y trouble notre paix ſecrette :
Chantons, &c.

Par un éclat faux & trompeur,
Loin que notre âme ſoit ſéduite ;
Ici l'on peſe la grandeur
A la balance du mérite :
Chantons, &c.

Des hommes les plus vicieux
Nous refondons le caractere ;
Nous transformons l'eſprit quinteux
En humeur douce & débonnaire :
Chantons, &c.

Nous chaſſons de notre Attelier
Tous les ingrats, & les faux Freres ;
Et nous peuplons le Monde entier,
De vrais amis, d'amans ſinceres :
Chantons, &c.

SEXE aimable, à qui nous offrons
Le tribut le plus légitime,
Si cette esquisse des Maçons
A quelque droit sur votre estime,
Unissez vos cœurs & vos voix,
Pour chanter nos heureuses Loix.

AIR : *Du haut en bas.*

DES Francs-Maçons
Chantons le mérite & la gloire :
Des Francs-Maçons
Pratiquons les sages leçons.
Que de traits fameux dans l'Histoire
Sont consacrés à la mémoire
Des Francs-Maçons.

COMPLIMENT

FAIT EN LOGE

PAR LE FRERE....

APRÉS SA RÉCEPTION.

AIR : *Non, toujours dire non.*

OUI, c'eſt en ce moment
Que juſtement
Je me blâme ;
Mais je lis mon pardon
Súr votre front.
Juſqu'à préſent
J'avois cru follêment,
Sans ce nœud charmant,
Du ſolide bonheur
Goûter la douceur ;
Mais il n'eſt plus de nuit,
Et la lumiere luit
Dans mon ame.

Dieux! quelle vive ardeur
Saiſit mon cœur,
Et l'enflamme!
Feu ſacré, feu divin,
Embraſe à jamais mon ſein.
Viens, vien,
Toi par qui le Ciel couronne
Le deſir qu'il nous donne
De jouir conſtamment du vrai bien.
Viens, vien,
Tendre amitié, n'abandonne
Jamais
Les plus parfaits
Des vrais amis que tu fais.
La Sageſſe & la Raiſon
Dans le cœur d'un Maçon
Établiſſent leur trône.
Oui
C'eſt aujourd'hui
Que je veux
Leur conſacrer mes vœux;
C'eſt tout mon ſoin.
Loin
De notre auguſte Myſtere,
Curieux téméraire,

Tu n'en ſeras jamais le témoin :
Loin, loin,
Va, fuis, profane vulgaire.
Les Dieux
Font de ces lieux
Pour nous ſeuls de nouveaux cieux.

ÉLOGE

ÉLOGE
DE LA MAÇONNERIE.

NOus ſeuls des ſecrets des Maçons
Poſſédons l'entier héritage,
Sur nous le Soleil ſans nuage
Répand l'éclat de ſes rayons ;
Si tous les Maçons de la Terre
Ne font qu'un même bâtiment,
Ils en ſont la pierre premiere,
Et le plus ferme fondement.

CHŒUR.

De notre Art chantons l'excellence,
Ses ſecrets font notre bonheur :
De notre Art chantons l'excellence,
Exaltons ſa magnificence,
Qui des Rois montre la grandeur.

DE l'Art, le grand Roi Salomon
Nous a fait les dépoſitaires ;
Mais nous déguiſons nos Myſteres
A tout froid & mauvais Maçon.

Pour Compagnons de nos ouvrages,
Nous ne reconnoiſſons jamais
Que les Mortels diſcrets & ſages,
Les amis conſtans & parfaits.

CHŒUR.

De notre Art, &c.

Bien loin d'exercer nos talens,
Comme de lâches mercenaires,
Nous enſeignons à tous bons Freres
Les moyens de vivre contens ;
Et quand tous à cette ſcience
A l'envi nous nous appliquons,
Le plaiſir eſt la récompenſe
Des vertus que nous pratiquons.

CHŒUR.

De notre Art, &c.

En vain l'on veut nous accabler,
En vain la plus noire impoſture
Contre nous arme le parjure ;
Rien ne pourroit nous ébranler :
Le Ciel, par ſa bonté ſuprême,
Nous garantira de leurs coups ;
De l'Envie au teint pâle & blême
Nous bravons l'injuſte courroux.

CHŒUR.

De notre Art, &c.

AUTEUR de la Terre & des Cieux,
Maître abſolu de la Nature,
De tes préſens, l'Architecture
Fut toujours le plus précieux :
Des Rois on a vu le plus ſage
Unir le ſceptre & le marteau,
Et pour te rendre un digne hommage,
Prendre l'équerre & le ciſeau.

CHŒUR.

De notre Art, &c.

D'UN ſort ſi doux, ſi glorieux,
Que chaque Frere s'applaudiſſe,
Et que la Loge retentiſſe,
De nos accords mélodieux :
Armons-nous tous ici d'un verre,
Et que cette aimable liqueur,
Coulant dans le ſein du Myſtere,
Soit le ſceau de notre bonheur.

CHŒUR.

De notre Art, &c.

COUPLETS.

AIR : *J'aime une ingrate Beauté.*

LE Philosophe entêté,
Soutient qu'il n'est dans la vie
Aucune félicité,
Et que tout n'est que folie.
  Au sein du vrai bonheur,
  L'amitié qui nous lie,
  Nous découvre l'erreur
  De sa Philosophie.

  CES jours d'or, ces heureux tems,
Où tous les hommes, en Freres,
Avoient mêmes sentimens,
Et des cœurs droits & sinceres;
  Dans ce cercle enchanté,
  Nous les voyons renaître,
  Et leur sérénité
  Enchante notre Maître.

CHANSON

DES MAISTRES.

TOUS de concert chantons,
En l'honneur de nos Maîtres ;
A l'envi célébrons
Les faits de leurs Ancêtres :
Que l'écho de leurs noms
Frappe la Terre & l'Onde,
Et que l'Art des Maçons
Vole par-tout le Monde.

CHŒUR.

A l'Art Royal, pleins d'une noble ardeur,
Ainsi qu'à ses secrets, rendons hommage:
Tout bon Maçon les garde dans le cœur,
Et de l'ancienne Loge ils sont le gage.

LES Rois les plus puissans,
Que vit naître l'Asie,
Savoient des Bâtimens
La juste symmétrie ;

Et des Princes Maçons,
Marqués dans l'Écriture,
Aujourd'hui nous tenons
La noble Architecture.

CHŒUR.

A l'Art Royal, &c.

PAR leur postérité,
L'Art Royal dans la Gréce
parut dans sa beauté,
Dans sa délicatesse;
Et peu de tems après,
Vitruve, savant homme,
L'accrût avec succès,
Dans la superbe Rome.

CHŒUR.

A l'Art Royal, &c.

DE-LA tout l'Occident
Reçut cette Science,
Et principalement
L'Angleterre & la France,
Où parmi les loisirs
D'une innocente vie,

On jouit des plaisirs
De la Maçonnerie.

CHŒUR.

A l'Art Royal, &c.

Nous qui voyons ce tems,
Cet heureux tems, mes Freres,
Et ces vins si charmans
Remplir souvent nos verres,
Bénissons à jamais
Du Monde l'Architecte,
Qui joint à ses bienfaits
Ce jus qui nous humecte.

CHŒUR.

A l'Art Royal, &c.

CHANSON

DES SURVEILLANS.

ADAM, à sa Postérité,
De l'Art transmit la connoissance;
Et Caïn, par l'expérience
En démontra l'utilité:
Celui-ci bâtit une Ville
Dans un Pays de l'Orient,
Où l'Architecture civile *bis.*
Prit d'abord son commencement.

CHŒUR.

De notre Art chantons l'excellence;
Ses secrets font notre bonheur:
Exaltons sa magnificence,
Qui des Rois montre la grandeur.

JABAL, le pere des Pasteurs,
Fut le premier qui fit des tentes,
Où paisible il vivoit des rentes
De ses innocentes sueurs:

Cette Architecture champêtre
Servit depuis pour le Soldat ;
Et les Héros que Mars fait naître, *bis.*
L'embelliſſent de leur éclat.

CHŒUR

De notre Art, &c.

JAMAIS Neptune, ſur ſes eaux,
De l'Architecture navale
N'eut vu la grandeur martiale,
Ni des Commerçans les vaiſſeaux,
Si Noé ſavant Patriarche,
Éclairé par le tout-puiſſant,
De ſa main, n'eut de la belle Arche *bis.*
Conſtruit le vaſte bâtiment.

CHŒUR.

De notre Art, &c.

LES Mortels devenant nombreux,
Auſſi-tôt on vit l'injuſtice
Joindre à la force l'artifice,
Pour opprimer les malheureux ;
Le Foible alors pour ſe défendre
Contre Nimrod, fier conquérant,

Entre les forts alla se rendre, *bis.*
Et lui résista vaillamment.

CHŒUR.

De notre Art, &c.

Le mépris du divin amour,
Fit que les hommes fanatiques
Bientôt après firent des briques
Pour Babel, la fameuse Tour:
La différence du langage
Vint déconcerter ces Maçons,
Qui renoncerent à l'ouvrage, *bis.*
Contens d'habiter des maisons.

CHŒUR.

De notre Art, &c.

Moyse, par le Ciel guidé,
Bâtit l'auguste Sanctuaire,
Où pour annoncer la lumiere,
Nuit & jour il a présidé;
Jusqu'alors de l'Architecture
Les Ordres furent profanés;
Mais du saint Temple la structure *bis.*
Charma tous les yeux étonnés.

CHŒUR.

De notre Art, &c.

Le pacifique Salomon
Avoit de ſon tems l'avantage
D'être des hommes le plus ſage,
Et le plus excellent Maçon :
Il érigea de Dieu le Temple,
Qui fut le chef-d'œuvre des Arts ;
Et tous les Rois, à ſon exemple, *bis.*
Furent Maçons de toutes parts.

CHŒUR.

De notre Art, &c.

NOTRE Art brillant de majeſté,
En Gréce, en Égypte, en Sicile,
A Rome, en France, en cette Ville,
D'âge en âge fut tranſporté :
Aujourd'hui nous paſſons l'Aſie
Dans la beauté des bâtimens ;
Et ſa plus exquiſe ambroiſie, *bis.*
Ne vaut pas nos vins excellens,

CHŒUR.

De notre Art, &c.

CHANSON

DES COMPAGNONS.

ART Divin, l'Être suprême
Daigna te donner lui-même,
Pour nous servir de rempart :
Que dans notre illustre Loge
Soit célébré ton éloge,
Qu'il vole de toute part *.

LES Maçons chantent ta gloire,
Ils honorent ta mémoire
Par leurs Vers & leurs Chansons :
Que le jus de la vendange
Se répande à ta louange,
Parmi les bons Compagnons.

SOIT que loin Phébus recule,
Soit que de près il nous brûle,
Ta puissance nous défend :

---

* On reprend le troisiéme vers de chaque couplet, pour faire le Chœur.

C'eſt par la Géométrie,
Que ta noble ſimétrie,
Des cinq beaux Ordres dépend.

LES Maçons chantent ta gloire,
Ils honnorent ta mémoire;
Par leurs Vers & leurs Chanſons:
Que le jus de la vendange
Se répande à ta louange,
Parmi les bons Compagnons.

CHANSON

DES APPRENTIFS.

FRERES & Compagnons
De la Maçonnerie,
Sans chagrin, jouiſſons
Des plaiſirs de la vie;
Munis d'un rouge bord,
Que par trois fois un ſignal de nos verres
Soit une preuve que d'accord
Nous buvons à nos Freres.

LE monde eſt curieux
De ſavoir nos Ouvrages ;
Mais tous nos envieux
N'en ſeront pas plus ſage :
Ils tâchent vainement
De pénétrer nos Secrets, nos Myſtères;
Ils ne ſauront pas ſeulement
Comment boivent les Freres.

CEUX qui cherchent nos mots,
Se vantent de nos ſignes,
Sont du nombre des ſots,
De nos ſoucis indignes :
C'eſt-là du bout des dents
Vouloir atteindre aux planettes altieres;
Nous-mêmes ſerions ignorans,
Sans le titre de Freres.

ON a vu de tout tems
Des Monarques, des Princes,
Et quantité de Grands,
Dans toutes les Provinces
Pour prendre un Tablier,
Renoncer vîte à leurs armes guerrieres,
Et toujours ſe glorifier
D'être connus pour Freres.

L'ANTIQUITÉ répond
Que tout eſt raiſonnable,
Qu'il n'eſt rien que de bon,
De juſte & d'agréable,
Dans les Sociétés
Des vrais Maçons & légitimes Freres,
Ainſi buvons à leurs ſantés,
Et vuidons tous nos verres.

JOIGNONS-NOUS, main en main,
Tenons-nous bien enſemble;
Rendons graces au deſtin,
Du nœud qui nous aſſemble;
C'eſt une vérité,
Qu'il ne ſe boit ſur les deux hémiſpheres
Point de plus illuſtre ſanté,
Que celle de nos Freres.

AUTRE CHANSON
DES APPRENTIFS.

FRERES & compagnons
De cet Ordre ſublime,
Par nos chants témoignons
L'eſprit qui nous anime;
Juſques ſur nos plaiſirs,
De la Vertu nous appliquons l'Équerre,
Et l'art de régler ſes deſirs,
Donne titre de Frere.

C'EST ici que de fleurs
La ſageſſe parée
Rappelle les douceurs
De l'Empire d'Aſtrée.
Ce Nectar vif & frais,
Que nous voyons allumer tant de Guerres,
Devient la ſource de la Paix,
Quand on le boit en Freres.

PAR des moyens ſecrets,
En dépit de l'envie,

Sans

Sans remords, ſans regrets,
Nous ſeuls goûtons la vie :
Mais à des biens ſi grands,
En vain voudroit aſpirer le vulgaire;
Nul ne coule des jours charmans
Sans le titre de Frere.

PROFANES, curieux
De ſavoir notre ouvrage,
Jamais vos foibles yeux
N'auront cet avantage :
Vous tâchez follement,
De pénétrer nos plus profonds Myſteres;
Vous ne ſaurez pas ſeulement
Comment boivent les Freres.

SI par hazard l'ennui
Donne quelques allarmes,
Auſſi-tôt contre lui
Nous chargeons tous nos armes;
Et par l'ardeur d'un feu
Plus pétillant que les foudres guerrieres
Nous chaſſons bientôt de ce lieu,
Cet ennemi des Freres.

BUVONS tous en l'honneur
Du paiſible Génie,

Qui préside au bonheur
De la Maçonnerie :
Dans un juste rapport,
Que par trois fois un signal de nos verres
Soit le symbole de l'accord
Qui régne entre les Freres.

JOIGNONS-NOUS, main en main,
Tenons-nous bien ensemble,
Rendons graces au Destin,
Du nœud qui nous assemble,
Et que cette unité,
Qui parmi nous couronne nos Mysteres,
Enchaîne ici la volupté,
Dont jouissent les Freres.

On répéte ces deux Vers trois fois.

CHANSON DES VISITEURS.

AIR : *Que tout ici ſe réuniſſe.*

UN digne Maître nous raſſemble,
Pour nous inſtruire tous enſemble ;
C'eſt le devoir de tout bon Franc-Maçon
De célebrer ici ſon nom :
Il porte devant lui l'Équerre,
Vrai ſymbole de l'équité ;
Il eſt la brillante lumiere,
Qui nous montre la vérité.

PREMIER Surveillant de la Loge,
Souffrez auſſi que votre éloge,
Soit annoncé par mes vers en ce jour,
Témoignage de mon amour :
Que votre exemple nous uniſſe,
Du nœud de la fraternité,
Que le niveau de la Juſtice,
Conſerve notre égalité.

Le ſecond Surveillant, bon Frere,
Porte la Perpendiculaire ;
Il nous preſcrit la droiture des cœurs,
Qui ſert à diriger nos mœurs :
A ſes vertus, rendons hommage,
Écoutons toujours la raiſon :
Imitons cet homme ſi ſage,
L'incomparable Salomon.

Chantons le zele ardent, mes Freres,
De nos Officiers Dignitaires,
De cette Loge ornemens précieux,
Ne travaillons que ſous leurs yeux ;
Avec ferveur, avec conſtance,
Employons de bons matériaux ;
Nous recevrons en aſſurance
Le noble prix de nos travaux.

Membres de cette Loge aimable,
Chériſſons notre Vénérable,
C'eſt un parfait modele de vertus,
Tous nos hommages lui ſont dûs :
Que le canon tire à ſa gloire,
Et qu'un grand feu lui ſoit porté ;
Par trois fois trois, il nous faut boire,
A notre Maître reſpecté.

COUPLETS MYSTIQUES.

AIR : *Vive, vive, vive à jamais le Pere & le Roi des François.*

DU moindre rang au diadême,
Il ſe trouve des Francs-Maçons ;
Et les Rois prennent des leçons
De l'Architecture ſuprême.
Les Maçons ont, de tous les tems,
Formé le plus beau des talens.

DANS nos Loges on voit paroître
Tout ce qui brille au Firmament ;
Si vous voulez ſavoir comment,
Venez à nous pour le connoître.
Les Maçons ont, de tous les tems,
Formé le plus beau des talens.

DE nos dons l'auguſte aſſemblage
Eſt Force, Sageſſe, Beauté ;
Le Maçon en eſt enchanté,
Et lui ſeul en ſait faire uſage.

Le Maçon eſt, dans tous les tems;
Orné du plus beau des talens.

Nous ne reconnoiſſons pour Freres,
Que ceux de qui l'eſprit diſcret
Ne révele point le ſecret
De nos adorables Myſteres.
Les Maçons ont, de tous les tems,
Formé le plus beau des talens.

L'ÉTOILE qui ſur nous préſide
Eſt des faux freres le bandeau;
Mais elle eſt l'utile flambeau
Des Freres que l'amitié guide.
Les Maçons ont, de tous les tems,
Formé le plus beau des talens.

L'URBANITÉ la plus facile,
La plus exacte probité,
Chez nous ont, ſans auſtérité,
Fait choix de leur plus ſûr aſyle.
Les Maçons ont, de tous les tems,
Formé le plus beau des talens.

FRERES, chantons dans notre Loge
Le bonheur dont nous jouiſſons,

Et, le verre en main, bénissons
Les vertus qui font notre éloge ;
Mes amis, jamais ne buvons
Qu'à la santé des Francs-Maçons.

COUPLETS
A RÉPÉTER EN CHŒUR.

AIR : *Et suivons Hypocrate.*

JE trouve ici la Vérité,
Profanes, pourriez-vous le croire ?
Dès la plus grande antiquité,
Tout bon Franc-Maçon fait sa gloire :
Pour garder entre nous un bien si desirable,
Suivons le Vénérable,
Qui dit, qu'il faut à chaque mois,
Du moins maçonner une fois.

CHŒUR.

Qui dit, qu'il faut à chaque mois,
Du moins maçonner une fois.

Pour conserver le genre humain,
Noé, ce fameux Patriarche,
Travailla, par l'Ordre divin,
Au vaste édifice de l'Arche;
Il bâtit en cent ans ce Vaisseau secourable.
Suivons le Vénérable,
Qui dit, qu'il faut à chaque mois,
Du moins maçonner une fois.

CHŒUR.

Qui dit, &c. *bis.*

Moyse au milieu des Déserts
Fit construire le Tabernacle,
Du Créateur de l'Univers,
C'est-là qu'il consultoit l'Oracle,
De ses décrets sacrés, interprête admirable.
Suivons le Vénérable,
Qui dit, qu'il faut à chaque mois,
Du moins maçonner une fois.

CHŒUR.

Qui dit, &c. *bis.*

SALOMON, le plus grand des Rois,
Excelloit en Architecture ;
Rigide obſervateur des Loix
Du grand Maître de la Nature ;
Jadis il fit bâtir un Temple incomparable.
Suivons le Vénérable,
Qui dit, qu'il faut à chaque mois,
Du moins maçonner une fois.

CHŒUR.

Qui dit, &c. *bis.*

BEAUCOUP de Princes Souverains
Se ſont ſignalés dans le monde,
Par des chefs-d'œuvres de leurs mains,
En cette Science profonde ;
Pour la poſtérité l'exemple eſt reſpectable.
Suivons le Vénérable,
Qui dit, qu'il faut à chaque mois,
Du moins maçonner une fois.

CHŒUR.

Qui dit, &c. *bis.*

NOTRE invincible Bâtiment
Eſt gouverné par la Sageſſe ;
La force en eſt le fondement,
Sa beauté fait notre allégreſſe ;
Sa parfaite union, le conſerve immuable.
Suivons le Vénérable,
Qui dit, qu'il faut à chaque mois,
Du moins maçonner une fois.

CHŒUR.

Qui dit, &c. *bis.*

POUR le fruit de tous nos travaux,
Du Ciel nous recevons des gages;
Ici nous ſommes tous égaux,
Sans murmurer de nos partages:
Ce que nous deſirons, c'eſt le loiſir aimable
De ſuivre un Vénérable,
Et de pouvoir à chaque mois
Maçonner du moins une fois.

CHŒUR.

Et de pouvoir, &c. *bis.*

ÉLOGE
DE LA MAÇONNERIE,
Pour être chanté par le Frere Orateur.

AIR : *Nous jouissons dans nos Hameaux.*

NOus faisons en bons Francs-Maçons
Plusieurs Pélerinages,
Et nous ne les entreprenons
Que sous d'heureux présages.
Nous voyageons en sûreté,
Guidés par la sagesse ;
Le flambeau de la Vérité
Nous éclaire sans cesse.

Nous élevons depuis long-tems
De nobles édifices ;
Et nous posons leurs fondemens
Sur les débris des vices :

La Sageſſe trace nos plans,
    La force en eſt la baſe,
La beauté des compartimens
    Ravit l'ame en extaſe.

Ce qu'on voit en moi des talens
    Pour nos divins Myſteres,
C'eſt à vos ſages documens
    Que je le dois, mes Freres.
Auſſi je veux, de plus en plus,
    Vous faire à tous connoître,
Que dans la route des Vertus
    Je ſuivrai notre Maître.

Air : *Vive, vive, vive à jamais.*

Chantons les nœuds qui nous uniſ-
    ſent,
Et la gloire des Francs-Maçons ;
Des plaiſirs dont nous jouiſſons
Que les airs au loin retentiſſent :
Vive un Ordre ſi glorieux,
Qu'il régne & fleuriſſe en tous lieux.

Voyez ce Trône de lumiere ;
L'éclat dont il frappe nos yeux,

Des ces deux aſtres radieux
Nous développe le Myſtere.
Vive, &c.

Amis, banniſſons le vulgaire
Loin de ce ſéjour enchanteur ;
Aux ſeuls Maçons, du vrai bonheur,
Le deſtin ouvre la carriere.
Vive, &c.

C'est en vain qu'un œil téméraire
Voudroit dévoiler nos ſecrets ;
On ne les connoîtra jamais
Que l'on n'ait le titre de Frere.
Vive, &c.

D'une amitié tendre & fidelle
De plus en plus ſerrons les nœuds,
Et qu'à nous rendre tous heureux
Notre zele ſe renouvelle.
Vive, &c.

De notre illuſtre Compagnie
Chantons, célébrons les plaiſirs ;

La Vertu régle nos desirs,
Sur elle notre Ordre s'appuie.
Vive un Ordre si glorieux,
Qu'il régne & fleurisse en tous lieux.

REMERCIEMENT *D'UN FRERE* NOUVELLEMENT INITIÉ.

AIR : *Tout roule aujourd'hui.*

RECEVEZ, très-aimables Freres,
Le tendre hommage de mon cœur ;
En m'admettant à vos Mysteres,
Vous avez comblé mon bonheur :
Chez vous de Saturne & de Rhée,
Renaît le siécle vertueux,
Et pour vous la divine Astrée,
Est de retour en ces bas lieux.

L'OLIVIER couronne vos têtes,
La douce paix conduit vos pas ;

Dans vos mœurs comme dans vos fêtes,
Je vois l'Équerre & le Compas ;
Que les Monarques de la Terre,
Ne prennent-ils de vos leçons ?
Bientôt nous n'aurions plus de Guerre,
S'ils vouloient tous être Maçons.

ENFANS chéris de la Nature,
Vous jouiſſez de ſes préſens ;
Une volupté toujours pure,
Régne dans vos jeux innocens :
Faire le bonheur l'un de l'autre,
C'eſt l'objet de tous vos deſirs :
Eſt-il un ſort comme le vôtre,
Vous ſeuls goûtez les vrais plaiſirs ?

AH! que je trouve heureux les Princes
Chez qui vous êtes accueillis,
Et quel bonheur pour les Provinces
Où vos Temples ſont établis :
Par-tout votre ſeule préſence
Doit écarter l'adverſité ;
La compagne de l'innocence
Fut toujours la proſpérité.

DES humains, lorſqu'un décret ſage
Vous fait fuir la belle moitié,

C'eſt pour vous livrer ſans partage
Aux ſaints devoirs de l'amitié :
Quoi ! le beau ſexe eſt en allarmes
Sur ce prétendu célibat ?
Eſt-ce donc mépriſer ſes charmes ,
Que n'oſer leur livrer combat ?

Mais ce qu'en vous ſur-tout j'admire,
C'eſt l'amour de l'égalité ;
Vous faites mieux qu'on ne peut dire
Les honneurs de l'humanité ;
Du ſiécle frivole où nous ſommes ,
L'orgueil eſt par vous rabattu ,
Vous ne diſtinguez dans les hommes
Que le mérite & la vertu.

Triomphez , troupe fortunée ,
Vivez , illuſtres Citoyens ,
Rempliſſez votre deſtinée ,
Des cœurs reſſerrez les liens ;
Qu'en tous lieux par vous pourſuivie ,
La Diſcorde tombe aux enfers ,
Servez de ſupplice à l'Envie ,
Et de modele à l'Univers.

CHANSON.

AIR : *Du Confiteor.*

FRERES, que des plus doux accords
Nos ſaints aſyles retentiſſent,
Animés du même tranſport
Chantons les nœuds qui nous uniſſent ;
Les plaiſirs dont nous jouiſſons
Ne ſont connus que des Maçons.

LA vive lumiere des Cieux,
Malgré l'envie & l'ignorance,
Dans ſon éclat brille à nos yeux,
Elle éclaire notre innocence ;
Les plaiſirs, &c.

QU'UN impénétrable bandeau
Nous voile au profane Vulgaire ;
Le plaiſir eſt toujours nouveau,
L'orſqu'il eſt ſuivi du Myſtere :
Les plaiſirs, &c.

LA vertu régle nos desirs
Dans le silence du Mystere,
Elle préside à nos plaisirs,
Sans elle rien ne peut nous plaire;
Les plaisirs, &c.

DE l'amitié les saintes loix
Font des Maçons autant de Freres,
Nos cœurs plus unis que nos voix
Forment les mêmes caracteres;
Les plaisirs, &c.

CELUI qui préside en ces lieux
Est digne de tous nos hommages,
La sagesse brille en ses yeux;
Il a nos cœurs & nos suffrages:
Son esprit, que nous admirons,
Fait l'éloge des Francs-Maçons.

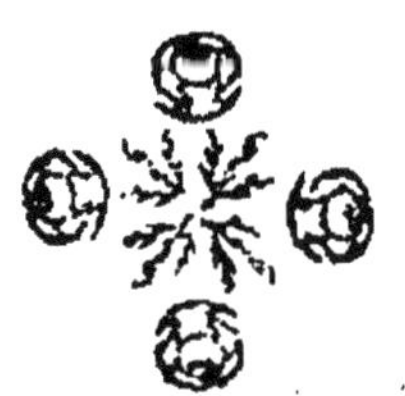

AUTRE.

AIR : *Prends, ma Philis, prends, &c.*

CHŒUR.

PERPÉTUONS dans notre Ordre
Les plaiſirs purs & parfaits,
Que parmi nous le déſordre
Ne s'introduiſe jamais.

Seul.

Deſcends, aimable Sageſſe,
Parmi nous rien ne te bleſſe ;
Nos Loges ſont tes Palais.

CHŒUR.

PERPÉTUONS, &c.

Seul.

De l'amour qui nous enchaîne

On ne ressent nulle peine ;
La Vertu régle nos faits.

CHŒUR.

PERPÉTUONS, &c.

Seul.

La Volupté, l'Indécence,
L'Envie & l'Intempérance
N'ont chez nous aucun accès.

CHŒUR.

PERPÉTUONS, &c.

Seul.

C'est dans les lieux où nous sommes,
Que nous apprenons aux hommes
A ne s'oublier jamais.

CHŒUR.

PERPÉTUONS, &c.

Seul.

Nos cœurs, tous d'intelligence,

Jouiſſent en aſſurance
Des délices de la paix.

CHŒUR.

Deſcends, aimable Sageſſe,
Nous adorons tes attraits:
Parmi nous rien ne te bleſſe;
Nos Loges ſont tes Palais.

COUPLETS.

QUEL eſt ce monde enchanté
Où je me vois tranſporté!
A ſe rendre heureux
Les hommes entr'eux
Par goût ici s'animent;
Le plaiſir pur & vertueux
Eſt un bien qu'ils eſtiment.

JADIS aux Humains pervers
J'ai préféré les déſerts;
J'ai fui leurs leçons,
Leurs mœurs, leurs façons,

Leurs vertus, vrais fantômes;
S'ils avoient tous été Maçons,
J'aurois aimé les hommes.

Oui, de ne les plus revoir
Je me faisois un devoir;
Caché dans un bois,
Mon œil iroquois
Fuyoit l'espece humaine;
Mais les vertus qu'ici je vois,
Font expirer ma haine.

Héraclite par ses pleurs,
Des Mortels railloit les mœurs;
Ne voyant que fous,
Durs, fiers & jaloux,
Il répandoit des larmes;
Chers Maçons à rire avec vous
Il eut trouvé des charmes.

Ici de l'Humanité
Le pouvoir est respecté;
Vos cœurs sont unis
Par des nœuds chéris
Que chaque instant resserre:

Je cherchois un ou deux amis ;
Vous en peuplez la terre.

Mais que j'aime à voir, fur-tout,
L'accord parfait & le goût
Des fociétés,
Où vous vous traitez
En Freres véritables ;
Pylade, Orefte, amis vantés,
Vous n'êtes plus des Fables.

Rome fit de fes enfans
Un peuple de conquérans :
Moins ambitieux,
Mais plus glorieux
Que ces Héros vulgaires,
L'Ordre des Maçons en tous lieux
Forme un peuple de Freres.

Tu peux fur moi déformais,
Fortune, effayer tes traits ;
En dépit du fort,
Dans mon fier tranfport,
J'affronterai l'orage ;
Chaque Loge m'affure un port,
Au fortir du naufrage.

Chers Compagnons, qu'il m'eſt doux
D'être compté parmi vous!
Dans tous les pays,
Sans riſque, je puis
Faire à préſent ma ronde;
Quiconque eſt parmi vous admis,
Eſt citoyen du Monde.

CHANSON.

Freres Maçons de cette Loge
La Vertu fait tout votre éloge;
Sa lumiere eſt un vrai flambeau,
Rien n'eſt ſi beau.
Il vous guide vers la Sageſſe;
Sa clarté fait votre allégreſſe,
Sa flamme conduit le Maçon:
Rien n'eſt ſi bon.

Laissons le profane Vulgaire,
Sur ce qu'un Maçon ſait ſe taire,
En vain ſe brouiller le cerveau:
Rien n'eſt ſi beau.

Qu'il médiſe, qu'il applaudiſſe,
Soit dépit, ou bien artifice,
Je ſuis content d'être Maçon :
Rien n'eſt ſi bon.

RESPECTABLE Maçonnerie,
De ton aimable Confrairie
Qui pourrait peindre le tableau !
Rien n'eſt ſi beau.
Toujours vertueux & fidele,
Ami ſincere & plein de zele,
Voilà les traits d'un vrai Maçon :
Rien n'eſt ſi bon.

CHAQUE Maçon aime ſon Frere
D'une flamme pure & ſincere ;
Dans l'Ordre on eſt tous de niveau ;
Rien n'eſt ſi beau.
Du faſte fuyons le vain titre ;
Ne reconnoiſſons pour arbitre
Qu'un Vénérable Franç-Maçon :
Rien n'eſt ſi bon.

RESPECTONS notre Vénérable,
En tout endroit, & même à table ;

Conduiſons-nous par ſon flambeau ;
Rien n'eſt ſi beau.
Il plaît par ſon humeur aimable ;
Sa douceur & ſon air affable
Le font reſſembler à Caton :
Rien n'eſt ſi bon.

AUTRE.

AIR : *Je ne ſuis né ni Roi, ni Prince.*

DES Francs-Maçons faiſons l'éloge,
Et du Maître de cette Loge,
Acquittons-nous de ce devoir :
Des Vertus c'eſt ici le Temple ;
Et notre Guide eſt le miroir,
Où chacun de nous ſe contemple.

L'ORDRE de la Maçonnerie
Avec éclat ſe multiplie :
Malheur à qui peut révéler
Et nos ſignes & nos Myſteres ;
Puiſſions-nous un jour dévoiler
Ce que nous avons de faux Freres!

COUPLETS.

AIR : *Vous avez osé me la ravir.*

D'UNE innocente vie
Qui veut remplir le cours,
A la Maçonnerie
Doit consacrer ses jours ;
Être ferme en sa Religion,
Affronter tout pour elle,
Et n'avoir en toute occasion
Point d'autre ambition ;
Être sujet fidele,
Ami rempli de zele,
De tout Maçon parfait
C'est le premier secret.
Admirons, célébrons,
Les Mysteres,
De nos Freres ;
Bénissons, chérissons,
Le sort dont nous jouissons.

DANS une route obscure,
Et par mille détours,

J'errois à l'aventure,
Sans guide & ſans ſecours.
Dans le Temple à peine ſuis-je entré
Qu'un globe de lumiere
Sur mes yeux lance un rayon ſacré,
Je me ſens éclairé :
Du luxe que révere
Le profane Vulgaire
Je vois le faux brillant,
L'erreur & le néant ;
Admirons,
Célébrons, &c.

PHÉBUS ſortant de l'onde,
En faveur des Humains,
Eſt la ſource féconde
Des jours purs & ſereins ;
Tel on voit le Maître des Maçons,
Dans ſon illuſtre école,
Éclairer par ſes ſages Leçons
Freres & Compagnons.
De l'un à l'autre Pôle,
Que ſon nom fameux vole.
Dans nos cœurs à jamais
Renfermons ſes ſecrets.
Adorons, &c.

SANS la Maçonnerie,
Que ſont tous les banquets?
Bacchus & la Folie
N'en font jamais les frais:
Nos feſtins vraiment délicieux
N'offrent rien que de ſage;
Nos Convives gais, ou ſérieux,
Sont toujours vertueux.
Sur le doux Jus d'Octobre
Tout bon Maçon eſt ſobre,
Et dans l'apprêt des mets
Ignore tout excès.
Admirons, &c.

CHANSON.

AIR : *Ah ! ma Voisine.*

LA Paix dans ce charmant séjour
A fixé son empire :
Exempts des peines de l'Amour,
Nous n'en faisons que rire :
L'amitié nous suffit toujours,
Et nous inspire.

LA douceur de notre union
Rend notre ame contente ;
Tout tend à la perfection,
Et tout nous la présente :
Le bien d'être sans passion
Seul nous enchante.

FRERES, tous d'un accord parfait,
Buvons au Vénérable ;
Il brille dans tout ce qu'il fait,
Chez lui tout est aimable ;
Il nous semble voir, sous ses traits,
Minerve à table.

AUTRE.

AIR : *Dans les Gardes Françoises.*

QUE tout ce qui respire
Célebre nos plaisirs ;
La vertu nous inspire,
Et fixe nos desirs.
Parmi nous elle régne ;
Bénissons à jamais
Le Dieu qui sur nous daigne
Répandre ses bienfaits.

EN vain la calomnie
Cherche à nous attaquer ;
Des efforts de l'envie
Qu'avons-nous à risquer ?
Beauté, Force & Sagesse,
Voilà les traits vainqueurs,
Dont nous pourrons sans cesse
Repousser leurs fureurs.

Quel sort plus agréable,
Quand les Maçons entr'eux,
D'une amitié durable
Resserrent les doux nœuds!
Un *Vivat* pour un Frere
Par trois fois répété,
Est le gage sincere
De la Fraternité.

COUPLETS
DE TABLE,
Pour porter la santé du grand Maître.

Air: *Menuet des Francs-Maçons.*

Unissons-nous à cette table,
Pour célébrer le Respectable,
Qu'un rouge bord, par trois fois répété,
Marque nos vœux pour sa santé:
Quelle santé pourrions-nous boire,
Qui fût plus chere à notre cœur?
De notre Ordre il soutient la gloire,
Et travaille à notre bonheur.

Éloigne-toi,

www.ingramcontent.com/pod-product-compliance
Ingram Content Group UK Ltd.
Pitfield, Milton Keynes, MK11 3LW, UK
UKHW020321220726
13923UKWH00003B/1295